いま小学生とよみたい70の詩
1.2年

水内 喜久雄 編著

たんぽぽ出版

詩を子どもたちといっしょに読みませんか？

いまの子どもたちといっしょに詩をたくさん読んでいきたい——こんな願いを持ってこの詩集三冊を編んでみました。

たくさんたくさん子どもたちと詩を読み合いたい、という教師や親のみなさんが増えてきています。ものすごく嬉しいことで、詩を広めていきたい、いっしょに読んでいきたいと日ごろ思っている私は、何か自分でできることはないかと思いました。幸いにも私の手元には千冊以上の詩集があり、子どもたちと出会いたいと訴えているかのようでした。そして、その中から、今の子どもたちに、ということで選んでみることにしました。

この詩集を編むにあたって、次のようなことを考えました。

・たくさんの詩を子どもたちと読むために、私の編集した既刊の『教室でよみたい詩12か月』（民衆社刊）と重ならない詩を紹介する。特に、それ以降に出版された詩集をまず当たり、選ぶ。

・便宜上、1・2年、3・4年、5・6年向けの三分冊にし、使いやすいようにする。しかし、詩には何年生向けというものはありません。小学校での子どもたちの実態や様子に合わせて、子どもたちに紹介してほしいと思います。

・いろいろなジャンルの詩・いろいろな詩人の方に出会ってほしいので、十のテーマに分け、そして、たくさんの詩人の方の詩を紹介する。

・今の子どもたちということを考え、三冊とも「学ぶこと」「ことばを考える」「人を見つめる」「不安な気持ちを見つめる」「生きるということ」をテーマにした詩を多く集める。

・おおまかに言うと、低学年では楽しんで読める詩をたくさん、中学年では生きているものをみつめる詩をたくさん、高学年では生きる意味を考える詩をたくさん選び、子どもたちに読んでもらう。

以上です。

子どもたちとは、ぜひとも、声を出していっしょに読んでほしいと思います。そして、それぞれの読み方を大切にして、詩の世界の楽しさを味わってほしいと思います。この詩集を通して、詩の好きな子どもたちが増えてくるといいなあと思います。

最後になりましたが、この詩集を出版するにあたり、快く掲載を許可してくださった詩人の方々、転載を認めてくださった原典出版社、素敵な表紙絵を提供してくださった葉祥明さん、カットを描いてくださった方、写真の使用を許可してくれた私の教え子たちに感謝いたします。さらに編集・校正を手伝ってくださった職場の仲間たち、そしてこの本作りに携わってくださったすべての職人の方々、なによりも出版社の立ち上げに私の本をと根気強く待っていただいた、たんぽぽ出版の山崎さん・清水さん、どうもありがとうございました。

二〇〇一年三月　編者　水内喜久雄

※　さらに、これから詩を学んでいきたいと思います。いろいろお声を聞かせていただけば幸いです。

いま小学生とよみたい70の詩　1・2年〈目次〉

1　はじまり　11
あさだ　小野寺　悦子　12
わ　た　し　江口　あけみ　14
まけじだましいのうた　やなせ　たかし　16
せいのび　武鹿　悦子　18
ふじさんと　おひさま　谷川　俊太郎　20
ぼくは　ぼく　からすえいぞう（工藤　直子）　22
まさしくんの　ほんとこうた　ぼくは　き　です　阪田　寛夫　24

2　あいうえおのうた　27
あいうえお　神沢　利子　28
あいうえおうた　谷川　俊太郎　30
うんどうかいに　ひかるぼく　三枝　ますみ　34
はひふへほ　新井　竹子　36
はひふへほは　まど・みちお　38
ぱぴぷぺぽ　ばびぶべぼ　岸田　衿子　40
いろはに　つねこさん　阪田　寛夫　42

3 知りたいことが　いっぱい 43
ひみつ　谷川　俊太郎 44
わくわく　はてな　国沢　たまき 46
けんきゅうしよう　やなせ　たかし 48
おかしいな　与田　準一 50
ほちょうき　新井　竹子 52
わたしの目　なるもと　かずこ 54
ぼく　秋原　秀夫 56

4 いろんなことば　いろんな音 57
くんぽんわん　谷川　俊太郎 58
きまりことば　阪田　寛夫 60
こわれたじてんしゃ　有馬　敲 62
タンポポ　まど・みちお 64
スペイン語　三宅　知子 66
こんな　じゃんけん　しってる？　川崎　洋 68
花火　宇部　京子 70

5 みぢかな人たち 73

あたらしいともだち　木村 信子 74
ともだち　谷川 俊太郎 76
ぼくのせんせい　江口 あけみ 78
おかあさんって　ふしぎ　川崎 洋子 80
とうさん　たかはし けいこ 82
むかしじてん　藤 哲生 84
ゆっくり　新川 和江 86

6 うたうように 89

ありがとう　有馬 敲 90
けんかならこい　谷川 俊太郎 92
パピプペポ　こがらしかんた（工藤 直子） 94
ねこふんじゃった　阪田 寛夫 96
いんま　いごけば　―かぞえうた―　島田 陽子 99
あくたれぼうずの　かぞえうた　後藤 れい子 102
カッカッ　おひさん　鶴見 正夫 106

7 どうぶつ　だいすき 109

きりんは　ゆらゆら　武鹿 悦子 110

キリン　まど・みちお　112
トンボ　香山　美子　113
すずめ　有馬　敲　114
へびのあかちゃん　阪田　寛夫　116
まっすぐについて　いのししぶんた（工藤　直子）　118
ばったと　ぼく　神沢　利子　120

8 ことばあそびで　おもいっきり　123

ヤダくん　小野　ルミ　124
しょうじき　ショベル　まど・みちお　126
そうだ村の村長さん　阪田　寛夫　128
きりなしうた　谷川　俊太郎　130
おちゃのじかん　島田　陽子　132
かもつれっしゃ　有馬　敲　134
かえるの　たいそう　鶴見　正夫　136

9 不安な気持ち　139

いやなこと　島田　陽子　140
ひとりぼっち　武鹿　悦子　142

なくしもの　木村　信子　144
ぼくは　いまから　糸井　重里　146
ビリ　川崎　洋子　148
おとなの本　鶴岡　千代子　150
こら！しんぞう　おうち　やすゆき　152

10　ふしぎな詩　155

なにが　かくれてる　のろ　さかん　156
はやくちことば　有馬　敲　159
さかさかけことばうた　よしだ　ていいち　160
スピードかぞえうた　だるまさんがころんだ　川崎　洋　162
なぞなぞ　小野寺　悦子　164
むしのこえ？　まど・みちお　168
もじさがしのうた　岸田　衿子　170

●本文イラスト　宮沢ゆかり
●校　　　正　いくおみかな／高木　綾

1

はじまり

あさだ

小野寺　悦子

あさだ
ふとんを　はねのけ
とけいを　けとばし
ドアをあけ
キッチンぬけ
ころんでも
すぐ　たちあがり

はやく　はやく　はやく
トイレに　まっしぐら！
は――あ
それから
お・は・よって
しっかり　ぱっちり
めをさます

やっぱりそうでしょう、トイレから朝は始まるのです。一気に子どもたちと読みたい詩です。元気に一日が始まるのはうれしいですね。
◎出典『これこれおひさま』（のら書店）

わたし

江口　あけみ

わたし　って　だあれ
さちこ
さちこって　だあれ
わ・た・し

もう　おおきくなったんだもん
一ねんせいに　なるんだもん
さちこじゃ　なくって
わ　た　し　よ

私も小さいときはこんなこと思ったような気がします。少しでも大人と一緒の言い方をしたいし、同じようなことをしたい、わかります！
◎出典『ひみつきち』（けやき書房）

まけじだましいのうた

やなせ　たかし

ぼくにもあるぞ
たましいが
そいつは　まけじだましいだ
まけちゃいけない
つらいことに
ふしあわせにも　なみだにも

このたましいで
たたかうんだ
ちっぽけだけど
ぼくのむねのなかで
もえているんだ

そのひは　いつも　いつも
もえているんだ

「まけじだましい」という言葉を初めて聞きました。何か力の出る言葉ですね。私も負けずにがんばらなくては！ うん、うん！
◎出典『てのひらをたいように』（国土社）

せいのび

武鹿　悦子

まぶしい　くもに　さわりたくて
木は
きのうも　せいのび
きょうも　せいのび

とりのように　くもを
とまらせたくて
きょうも　せいのび
あしたも　せいのび

こんな木のようになりたいです。一連の「さわりたくて」と二連の「とまらせたくて」二つの言葉のちがいがすてきだと思います。
◎出典『雲の窓』（大日本図書）

ふじさんと　おひさま

谷川　俊太郎

ふじさんは　おおきい
おおきいから　しずかだ
ふじさんを　みると
こころも　しずかに　なる

おひさまは　あかるい
あかるいから　あたらしい
おひさまが　のぼると
こころも　あたらしく　なる

「ふじさん」を見たことがない人はいるかも知れませんが「おひさま」はみんなの前に出て来てくれます。毎日出会うのが楽しみになりました。
◎出典『ふじさんとおひさま』(童話屋)

ぼくは　ぼく

からすえいぞう（工藤　直子）

ときどき　ぼくは
ほんのすこし
いろつきの　はねが　ほしいな　と
おもったりする
ほんのすこし
いいこえで　うたえたらな　と
おもったりもする

でも
これが　ぼくだ　と
とんでいく

だれでも願いは持っています。私も、もちろん持っています。それを大切にしたいと思っています。そして「でも／これが　ぼくだ」とも思います。

◎出典『のはらうたⅣ』（童話屋）

ぼくは　き　です

阪田　寛夫

ぼく　さっきから
き　になった
りょうてを　ひろげて　ぐん！
ぼくは　き　です

ぼく　かたのとこ
かゆくって
それでも　りょうてを　ぐん！

すずめ　とまれ
すずめのきょうだい　とまれ
すずめのとうさん　とまれ
すずめのかあさん　とまれ
すずめのおじいちゃん　とまれ
おばあちゃんも　とまれ

ぼく　さっきから
がまんして
おしっこも　ゆかずに　ぐん！
ぼくは　き　です

でも　このつぎは
すずめになる

この詩を読んで、ぼくも「き」になりたいと思いました。そして、最後の連を読んで「そうだ、すずめにもなりたい」とも思いました。みんないっしょですね！

◎出典『ほんとこうた　へんてこうた』（大日本図書）

2

あいうえおのうた

あいうえお

神沢　利子

あーんと　あくび
いーっと　いじわる
うひゃーと　うれしがり
えがおで　ええ　ええ
おんおん　おおなき
あいうえお

あら　あら　あのこ
いいこ　いいこ
うん　うん　うんこ
えんこして　だっこ
おこって　おんぶ
あいうえお

「あいうえお」は日本語の母音です。子どもたちを楽しませながら、そのことを意識してほしいと思います。すてきな日本語だと思います。

出典『おめでとうがいっぱい』（のら書店）

あいうえおうた

谷川　俊太郎

あいうえおきろ
おえういあさだ
おおきなあくび
あいうえお

かきくけこがに
こけくきかめに
けっとばされた
かきくけこ

さしすせそっと
そせすしさるが
せんべいぬすむ
さしすせそ

たちつてとかげ
とてつちたんぼ
ちょろりとにげた
たちつてと

なにぬねのうし
のねぬになけば
ねばねばよだれ
なにぬねの

はひふへほたる
ほへふひはるか
ひかるよやみに
はひふへほ

まみむめもりの
もめむみまむし
まいてるとぐろ
まみむめも

やいゆえよるの
よえゆいやまめ
ゆめみてねむる

やいゆえよ

らりるれろばが
ろれるりらっぱ
りきんでふけば
らりるれろ

わいうえおこぜ
おえういわらう
いたいぞとげが
わいうえお

ん

子どもたちが五十音を学んだあとに何回も読んでほしいと思います。「あいうえお」と「おえういあ」のように逆に読んでも子どもたちはすぐなじむことでしょう。

七七七五の文字もリズムがあって楽しむことでしょう。
◎出典『どきん』（理論社）

うんどうかいに　ひかるぼく

三枝　ますみ

あいうえ　おんなのこがわらう
かきくけ　ころころでぶなぼく
さしすせ　それでもテストなら
たちつて　とびきりいちばんさ
なにぬね　ののじののりまきも
はひふへ　ほらねジャンボだよ
まみむめ　もたもたやせっぽち

やいゆえ　よーいだでばんだぞ
らりるれ　ろんろんつなひきは
わいわい　いわずにまかせてよ
うんどうかいには　ひかるぼく

あかさたなってば　はまやらわ
ん　ん　だんぜん　ひかるぼく

五十音でお話ができました。きっと子どもたちも作りたいということでしょう。運動会に光らなかった小学生のときの自分も思い出しました。

◎出典『ピカソの絵』（教育出版センター）

はひふへほ

新井　竹子

ひろげた　手
口の　まんまえに　おいたなら
大きな　こえで
「は、ひ、ふ、へ、ほ」

てのひらに
やさしい　いきが　かかるでしょ

北かぜ　ふいてる
冬の　あさ
ガラスまどに　むかって
「は、ひ、ふ、へ、ほ」
おーや　おや
くもりガラスが　できました

そうなんですよね、こういった日本語の特徴もゆっくり子どもたちと見つけていきたいですね！たっぷり味わいながら五十音を学んでいきたいです。
◎出典『１００かぞえたらさあさがそ』（草炎社）

はひふへほは

まど・みちお

はひふへほは　ラッパに　むちゅうで
ぱぴぷぺぽ　ぱぴぷぺぽ
ぱぴぷぺぽは　ぶしょうひげ　はやし
ばびぶべぼ　ばびぶべぼ
ばびぶべぼは　はだかに　されて
はひふへほ　はひふへほ
はひふへほは　めから　ひが　でて
ぱぴぷぺぽ　ぱぴぷぺぽ

ぱぴぷぺぽは　しびれを　きらし
ばびぶべぼ　ばびぶべぼ
ばびぶべぼは　あごが　はずれて
はひふへほ　はひふへほ
はひふへほは　あっちこっち　はげて
ぱぴぷぺぽ　ぱぴぷぺぽ
ぱぴぷぺぽは　はなかぜ　ひいて
ばびぶべぼ　ばびぶべぼ
ばびぶべぼは　わらって　ばかりで
はひふへほ　はひふへほ

（いやでなかったらまた初めにもどる）

何度読んでも、私にはおてあげ！どっかでひっかかってしまいます。それを難なく読むのが子どもたち。子どもたちのスピードにはついていけません。
◎出典『いいけしき』（理論社）

ぱぴぷぺぽ　ばびぶべぼ

岸田　衿子

ぱりぱり　やけた　ぱんかいに
ばたばた　はしる　ばばやがー
ぴょこぴょこ　ぴのきお　やってきて
びくびく　びっくりばこ　あけた
ぷるぷる　ふるえる　ぷりんを　たべて
ぶつぶつ　いってる　ぶるどっく

ぺらぺら　おしゃべり　ぺんぎんが
べたべた　べっどに　ぺんきを　ぬった
ぽたぽた　ぽんかん　おちてきて
ぼつぼつ　ぼうしに　あなあけた

は・ば・ぱ行は、おもしろいですね。こんなにリズムがあったり、読みながら笑えてきたり、まいりました。
◎出典『へんなかくれんぼ』（のら書店）

いろはに　つねこさん

阪田　寛夫

いろはにへとへと　ほがぬけて
ちりちりぬるぬる　をわかれよ
よだれたれそな　つねこさん
ならのむっちゃん　さようなら
うゐのうえのの　どうぶつえん
おくやまこえて　けふこえて
あさきひるきて　よるがきて
ゆめにみしみし　おおじしん
とんででもせず　ゑひもせず
きょうもねんねこ　つねこさん

思わず笑ってしまいそうな、そしてへとへとしてしまいそうな、そんな詩?デス。日本文化である「いろはにほへと」も子どもたちに触れさせたいですね。
◎出典『ばんがれまーち』(理論社)

3

知りたいことがいっぱい

ひみつ

谷川　俊太郎

あたし　しってる
あたしの　あと
あなたの　あは
おんなじ　あなのよ

ぼく　しってる
どせいの　いちばん
おおきな　えいせいは
たいたん

そのほかに　せんせいって
なにを　おしえてくれるかな
もしかすると　すごいひみつ
そっと　おしえてくれるかな

いやあ、こんな詩を読むと、教師である私はプレッシャーがかかってきます。それと同時に、がんばらなくてはと思います。ひみつ、たくさん探します。
◎出典『いちねんせい』（小学館）

わくわく　はてな

国沢　たまき

二つの目だけじゃ　たりないよ
二本の手だけじゃ　たりないよ
知らないことが　いっぱいだ
知りたいこころが　はねている

二つの耳じゃ　たりないよ
二本の足じゃ　たりないよ
ふしぎがふしぎを　うんでいく
はてながはてなを　うんでいく
知らないことが　いっぱいだ
知りたいこころが　はずんでる

子どもたちはきっといつも、こんなことを思っているような気がします。知りたいこころをつぶさないように、私もまた新しいものを求めたいです。
◎出典『新しい空がある』（教育出版センター）

けんきゅうしよう

やなせ　たかし

あひるのおしりはなぜゆれる
とかげのしっぽはなぜきれる
じつに　まったく　ふしぎです
けんきゅうすればわかるかな

おとこのおとなにひげがあり
おんなのおとなはひげがない

じつに　まったくふしぎです
けんきゅうすればわかるかな

だから　けんきゅうしなくちゃいけない
いろいろほんもよまなきゃいけない
かんがえすぎて　ねむくなる
ねむくなる

私の今、研究したいことは？と考えました。ＵＦＯキャッチャーのうまい捕り方・詩の本のうまい整頓の仕方・あの人の心のつかまえ方…う－む、はずかしい！

出典『てのひらをたいように』（国土社）

おかしいな

与田 準一

おかしいな、
おかしいな、
白いごはんがぼくになる、
あついお汁《つゆ》がぼくになる。

おかしいな、
おかしいな、
まるい卵《たまご》がぼくになる、
焼《や》いたお海苔《のり》がぼくになる。

黄いろい、黄いろい、
お新香《しんこ》も、
ごはんのあとの
フルーツも。

おかしいな、
おかしいな、
みんなたべればぼくになる、
たべるはじからぼくになる。

すごいことだなあと思います。ふだん、なに気なくしていて、何も考えていないこと、そんなことがたくさんありますね。食べ過ぎた私の体を見つめてしまいました。
◎出典『森の夜あけ』（ＪＵＬＡ）

ほちょうき

新井　竹子

さえちゃん　ってさ
いつも　耳の　ところに
なにか　つけてるでしょ

そう
あれは　〝ほちょうき〟よ
どうして　〝ほちょうき〟
つけているの

さえちゃんはね
耳の　きこえが
わるいから……
目の　みえにくい人は
めがね　かけるでしょ
耳の　きこえの　わるい人は
〝ほちょうき〟　つけるのよ

いつも思っています。めがねくらいに、普通に、補聴器や車椅子などがなりますようにと。そして、子どもたちや自分自身に手話や点字にも触れさせたいと。
◎出典『１００かぞえたらさあさがそ』（草炎社）

わたしの目

なるもと　かずこ

わたしの目は
こんなに　ちっちゃいのに
おおきな　おおきな　くじらが見えるよ
もっと　もっと　おおきな　海だってね

わたしの目は
こんなに　ちっちゃいのに
おおきな　おおきな　木が見えるよ
もっと　もっと　おおきな　山だってね

そして　なぜなの
目に　はいりきらない
地球《ちきゅう》だって見えるのは

すごいなあ、と思います。人間って。だから、人間というこことだろうと思います。ただ使い方をきちんとしなくてはとも思うのです。この頃、そう思うことが多くなりました。

出典『ねむねむのひつじ』（らくだ出版）

ぼく

秋原　秀夫

ぼくの　かぞく
ぼくの　ともだち
ぼくの　がっこう

ぼくが　すんでいる　まち
ぼくが　すんでいる　くに
ぼくが　いきている　ちきゅう

ぼくが
だんだん　ちいさくなる

「ぼくが／だんだん　ちいさくなる」のは、大きくなるからでしょう。広がるからでしょう。子どもたちはすぐに成長していきます。私もがんばらねばと思います。

◎出典『ちいさな　ともだち』（教育出版センター）

4

いろんなことば いろんな音

くんぽんわん

谷川　俊太郎

こいぬが　くん
きつねが　こん
きじなら　けん
ぴかぴか　きん

いたいよ　ぴん
おこって　ぷん

おいしい　ぱん
おてだま　ぽん

きばって　うん
すいっち　おん
まるいは　えん
おやいぬ　わん

子どもたちは何回も読み返してすぐ覚えることでしょう。リズムにのって読めるので何回も何回も読んでほしいです。いろんな読み方が出てくるといいですね。

◎出典『いちねんせい』（小学館）

きまりことば

阪田　寛夫

ぽかぽか　おひさま
そよそよ　はるかぜ
てくてく　あるけば
るんるん　たのしい
えっちらおっちら　さかみち
たらたら　いいあせ
ごくごく　みずのむ
へとへと　おつかれ

ぺこぺこ　おなか
やれやれ　きゅうけい
ぎらぎら　ゆうひだ
よたよた　もどって
ぴんぽーん　ただいま
むしゃむしゃ　ごはん
じゃぶじゃぶ　おふろ
ばたんきゅう　おやすみ

下をかくし上だけ見せて、また上をかくし下だけ見せて、子どもたちとあてっこしたくもなります。最後に下の言葉だけ続けて読ませたいと思いました。

◎出典『まどさんとさかたさんのことばあそび』（小峰書店）

こわれたじてんしゃ

有馬　敲

ぎいかあ　ぎいかあ　ぎいかあ
ぎいこう　ぎいこう　ぎいこう

ぎいちょ　ぎいちょ　ぎいちょ
ぎいたあ　ぎいたあ　ぎいたあ
ぎっとう　ぎっとう　ぎっとう
ぎったあーる　ぎったあーる

こうぎい　こうぎい　こうぎい
かあぎい　かあぎい　かあぎい
たぁーるぎい　たぁーるぎい
とうぎい　とうぎい　とうぎい
たあぎい　たあぎい　たあぎい
ちょぎい　ちょぎい　ちょぎい

こんな音がするまで今の子どもたちが一つの自転車に乗るかどうかわかりませんし、今の自転車は古くなってもこんな音がするかわかりません。でも、音の楽しさは伝わると思います。

◎出典『ありがとう』（理論社）

タンポポ

まど・みちお

だれでも
タンポポを　すきです
どうぶつたちも
大すきです
でも　どうぶつたちは
タンポポの　ことを
タンポポとは　いいません
めいめいに　こう　よんでいます

イヌ　　……ワンフォフォ
ウシ　　……ターモーモ
ハト　　……ポッポン
カラス　　……ターター
デンデンムシ……タンタンポ
タニシ　　……タンココ
カエル　　……ポポタ
ナメクジ　　……タヌーペ
テントウムシ……タンポンタン
ヘビ　　……タン
チョウチョウ……ポポポポ

こんな発想は私にはないのでびっくりしてしまいました。そして、名前がついてない「タンポポ」に私が初めて出会い、名前をつけるとしたらどんな名前にするかなとも考えました。

◎出典『おさるがふねをかきました』（国土社）

スペイン語

三宅　知子

アイスクリームは　エラード
えらいよ
テーブルは　メーサ
ねえさん
イカは　カラマール
こまーる

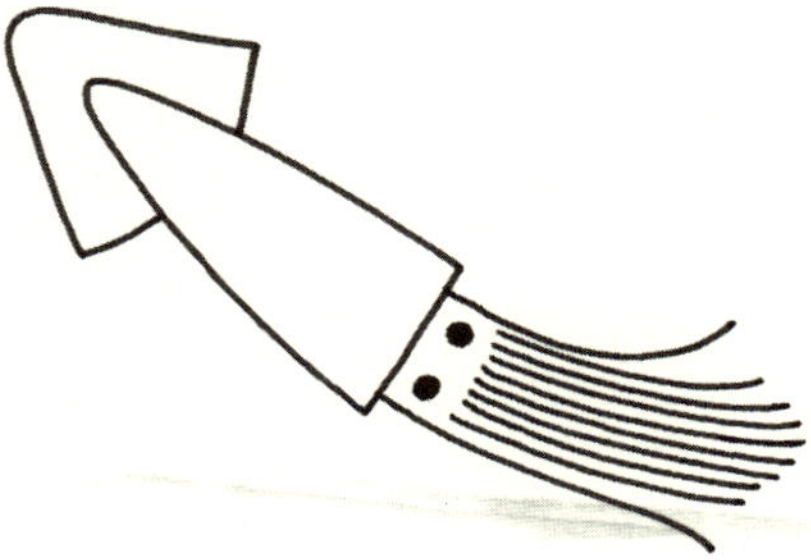

ソースは　サルサ
どこさ？
息子は　イッホ
ヤッホ
娘は　イッハ
ウッフン

スペイン語は知りませんが、こうやって覚えると少しは私でも覚えることができるかも知れません。約十年間勉強した英語、アメリカ人に通じなかったことを思い出しました。

◎『月にのるこども』（かど創房）

こんな　じゃんけん　しってる？

川崎　洋

じゃんけんじゃがいもさつまいも
あいこでアメリカヨーロッパ！
ちっけった！
しゅしゅぽ！
はーぜっせっせ！
じゃらけつぽん！
ほっちんほい！
あらちゃちょい！

じゃこんのち！
ちゃーろーえす！
きっきっぱ！
じゃすこんぺー！
じっけっせ！
いーんじゃんでほい！
じゃんけぽっぽほい！
じゃんけんざらめがすいきった！
りーしゃった！
えいさーほい！
どんちーほい！
えっとう！

土地によって、時代によって、いろいろなじゃんけんがあるのですね。もっともっとあることでしょう。九州から名古屋に来て「いんちゃん」とか言っていたことを思い出しましたが、今では使っていないみたいです。
◎出典『しかられた神さま』（理論社）

花火

宇部　京子

シュ　シュルレルラ
ルッパーン
　ロッパーン

パッ　パラレルララ
シュシュパパーン
シュシュシューン

ド　ドバドバドバ
ドン　パパーン
　ドドン　パパーン

ポッ　パッ　ポッ　パッ
ダン　ダダン　ダダン
　ルパパパパパーン
バン　パパーン　パパン
シュパシュパ　シュパ
　シュルルル　レッパーン

ダン　ドン　ドッパパーン
　パッ　と　さいて
　　シュッ　と　きえる

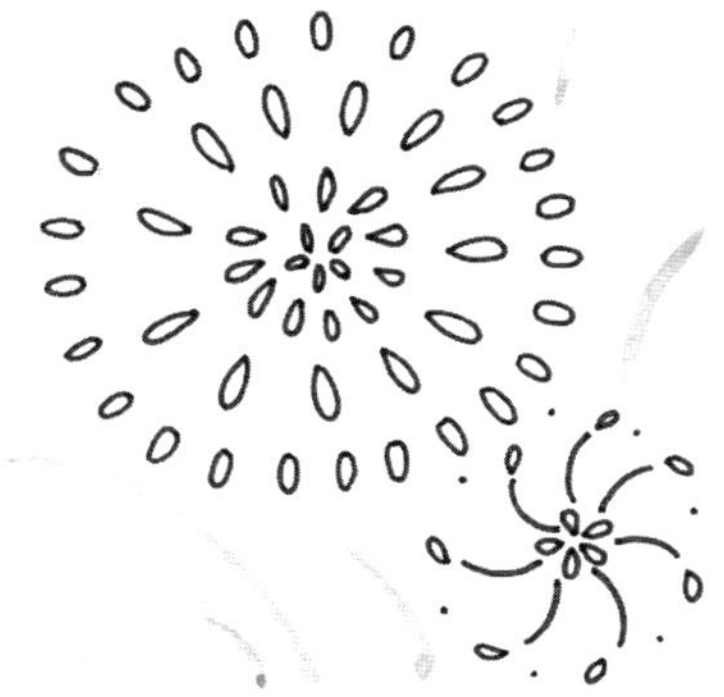

シュ　シュルルルル
シュワーン　シュウオーン
　ポンポン　プッシューン
これで　おしまい
　なつ　の　よぞら

花火大会好きです。よく見に行きます。それで、どんな花火のときだろうと考えてみました。自分なりのイメージはできました。子どもたちも絵に描くかも知れませんね。

◎出典『よいお天気の日に』（教育出版センター）

5

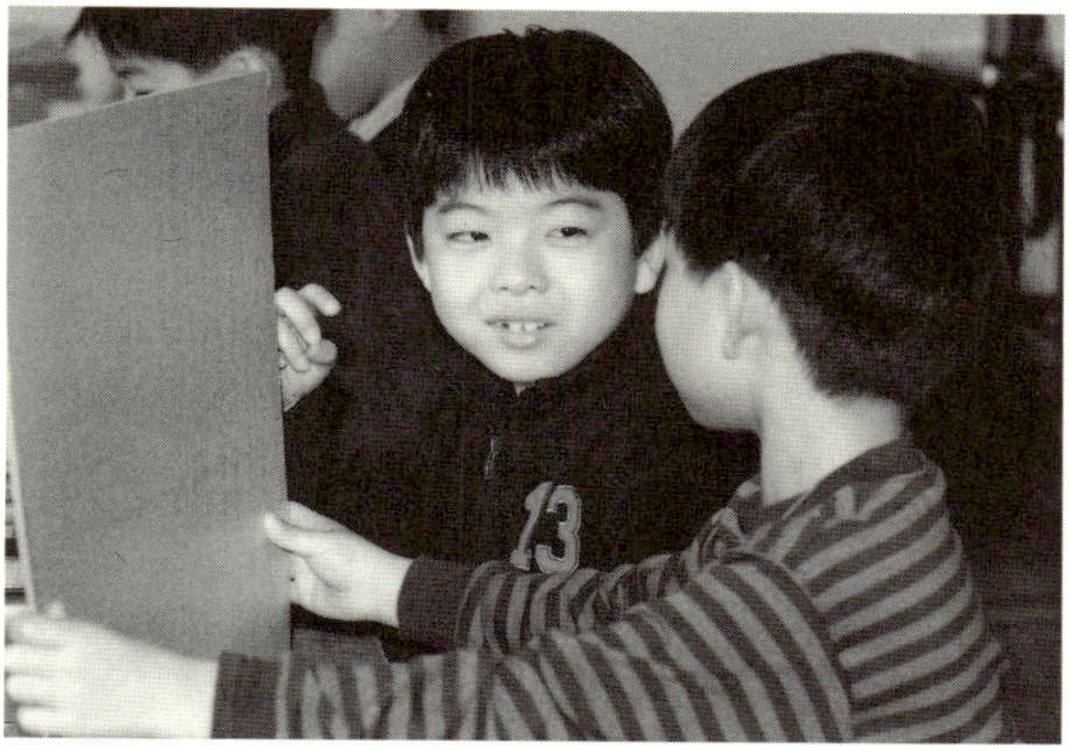

みぢかな人たち

あたらしいともだち

木村　信子

はなを
つまみっこする
みみを
ひっぱりっこする
—ないたことあるか
と　きいてみる
わらっている

ほんとは
なきむしみたいだな
ぼくのこと
すきになったら　いいのにな
まだ　わらっている
きらいじゃない
みたいだな

あたらしい友だちに出会うってうれしいですよね。四月はそんな月ですね。いろいろ触ってみたり、しゃべってみたり、いい友だちになれそうです。
◎出典『でていった』（教育出版センター）

ともだち

谷川　俊太郎

ともだちは　ばかみたいに
わたしを　わらう
ともだちは　すごいかおで
わたしを　にらむ

わたしも　ともだちを
わらってやる　にらんでやる
そのあとで　またあそぶ
わたしたちは　ともだち

友だちってそういうものなのですよね。大人はどうなのでしょう。子どもたちがうらやましい気がします。

「またあそぶ」友だちほしいですね。
◎出典『ふじさんとおひさま』（童話屋）

ぼくのせんせい

江口　あけみ

つくしんぼ　つんで
ゆでたんだって
くぼたせんせい
きょうしつで　みんなで　たべたよ
マヨネーズつけて

しゃしんうつすの　すきだよ
くぼたせんせい

えんそくのとき
たんぽぽのはな
うつしていたよ
おかあさんに　いったら
あーら　すてきなせんせいね
っていったよ

私も先生という仕事をやっていますが、「すてきなせんせいね」と言われるかどうか心配です。つくしつんで、私は卵とじにして持って行こうかなと思いました。
◎出典『ひみつきち』（けやき書房）

おかあさんって　ふしぎ

川崎　洋子

おかあさんって　ふしぎふしぎ
さがしものしてると
――ひきだし　もいちどみてごらん
あけたら　あった
さっきはなかったのに

おかあさんって　ふしぎふしぎ
けんかしてかえったら

――どうしたの　なにかあったの
だっこしてくれた
なんにもいわなかったのに

おかあさんって　ふしぎふしぎ
まっすぐ　じぶんのへやへいったら
――テスト　もっておいで
どうしてわかるのかな
小さくたたんでランドセルにおしこんできたのに

ほんとにふしぎですよね。こんなことが今までにたくさんありました。だから、たっぷり生きている私でも、母にはかないません、今でも。
◎出典『おかあさんのやさしさは』（けやき書房）

とうさん

たかはし　けいこ

とうさんの　みぎての　なかゆびには
ペンだこが　ある

そして
インクの　においと
チョークの　においと
タバコの　においが　する

とうさんの　あぐらの　なかに
ぺこんと　すわると
めを　つぶっても
とうさん
とうさんの
におい

この「とうさん」ひょっとしたら同職かなと思いました。以前、「お父さんの仕事のにおいについて書きなさい」と子どもたちに言ったことがあります。ある子が「私のお父さんにはにおいがない、でもペンだこがある」と書いていました。苦いことを思いだしました。

◎出典『とうちゃん』（銀の鈴社）

むかしじてん

藤　哲生

むかしのこと　ゆうたら
よう　しってはる
おばあちゃん

くちを　もぐもぐ
すずな　すずしろ　せり　なずな
おかゆ　するする
ごぎょう　はこべら　ほとけのざ

きのうのこと　ゆうたら
すぐ　わすれはるのに
なんでやろ　？
やっぱ　おばあちゃんは
むかしじてんやなぁ

ほんとですね、教えてもらうことがいっぱいです。子どもたちはおじいちゃんやおばあちゃんと触れ合うことがあるのでしょうか？　たくさんたくさん会って教えてもらいなさい、と言いたいです。
◎出典『秋いっぱい』（教育出版センター）

ゆっくり

新川　和江

おじいさんと
わんちゃんが
朝の　おさんぽ

いつものかどで
わんちゃんは

あと足を　かたっぽあげて
おしっこです

おじいさんは
ゆっくり　まってあげます
けっして　くさりを
ひっぱったりしないで

つぎのかどでは
おじいさんが　立ちどまり
「おう　咲《さ》いたな」
かきねごしに　こぶしの花を
しみじみ　ながめます

わんちゃんは
ゆっくり　まってあげます
けっして　くさりを
ひっぱったりしないで

こずえの上に
やわらかな空が　ひろがっている
春の朝です

とってもあったかい情景が浮かんできます。こんな時を子どもたちも過ごしてほしいなあと思います。あまりにも忙しすぎる子どもたちに。そして、自分も。
◎出典『いつも　どこかで』（大日本図書）

6

うたうように

ありがとう

有馬　敲

ありが　とう　なら
　みみずが　はたち
　　へびが　二じゅう五で
　　　よめにいく
おや　まあ
　　そのうそ　ほんと
ありが　たい　なら
いもむし　くじら

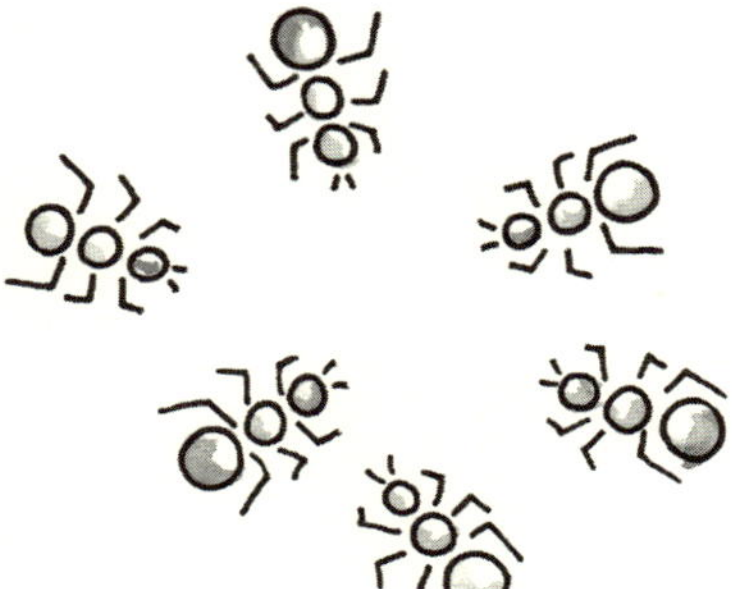

むかで　きしゃなら
はいが　とり
おや　まあ
そのうそ　ほんと

ありが　たんぼで
こっそり　ひるね
とんびにけられて
めが　さめた
おや　まあ
そのうそ　ほんと

子どもたちはどのようにこの詩を読むでしょう。自然と曲が流れてくるかも知れませんね。そして、この続きも作っていくことでしょう。楽しみです。

◎出典『ありがとう』（理論社）

けんかならこい

谷川　俊太郎

けんかならこい　はだかでこい
はだかでくるのが　こわいなら
てんぷらなべを　かぶってこい
ちんぽこじゃまなら　にぎってこい

けんかならこい　ひとりでこい
ひとりでくるのが　こわいなら

よめさんさんにん　つれてこい
のどがかわけば　さけのんでこい
けんかならこい　はしってこい
はしってくるのが　こわいなら
おんぼろろけっと　のってこい
きょうがだめなら　おとといこい

初めははずかしがって読まないかも知れませんね。でも、そのうち教室は大声で読み合うことになるでしょう。そんな気がします。自然にリズムも出てきます。
◎出典『いち』（国土社）

パピプペポ

こがらしかんた（工藤　直子）

そらが　ひろいぞ　ぱっぱら・ぱん
ぼくは　はしるぞ　ぴっぴっ・ぴゅー
こえだの　さきで　ぷっぷっ・ぷるん
おちば　ころがし　ぺっぺこ・ぺん
からだ　ぬくぬく　ぽっぽか・ぽっ
ぼくは　こがらし　パピプペポ！

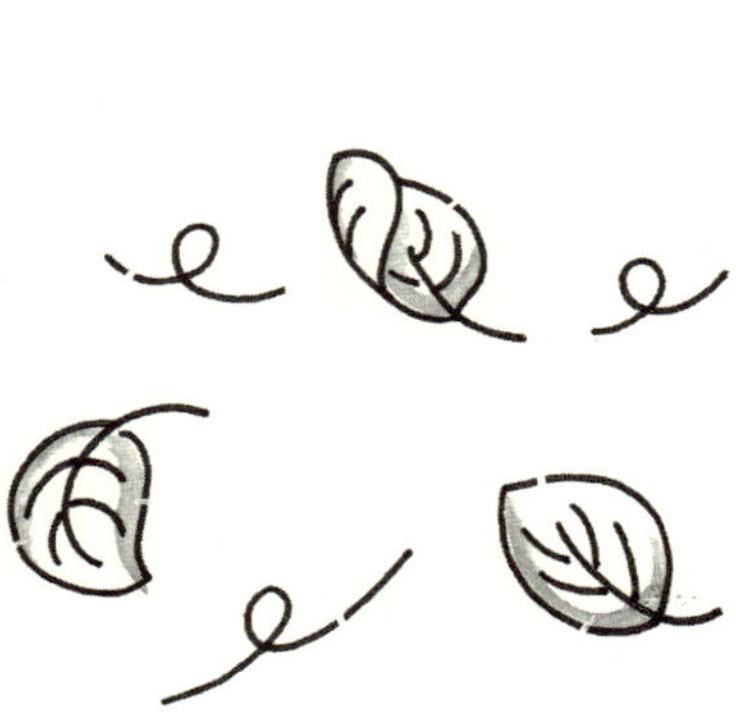

きのみ　ゆすって　ぱっぱら・ぱん
すずめ　げんきに　ぴっぴっ・ぴゅー
のねずみの　ひげ　ぷっぷっ・ぷるん
ほらあなの　なか　ぺっぺこ・ぺん
こぐま　ねむらせ　ぽっぽか・ぽっ
ぼくは　こがらし　パピプペポ！

「ぱっぱら・ぱん」「ぴっぴっ・ぴゅー」…子どもたちは大喜びですね。声に出すことでこの詩は楽しくなってきます。何回でも読みたいですね。
◎出典『のはらうたⅣ』（童話屋）

ねこふんじゃった

阪田　寛夫

ねこふんじゃった　ねこふんじゃった
ねこふんづけちゃったら　ひっかいた
ねこひっかいた　ねこひっかいた
ねこびっくりして　ひっかいた
　悪いねこめ　つめを切れ
屋根《やね》をおりて　ひげをそれ
ねこニャーゴ　ニャーゴ　ねこかぶり
ねこなで声　あまえてる

ねこごめんなさい　ねこごめんなさい
ねこおどかしちゃって　ごめんなさい
ねこよっといで　ねこよっといで
ねこかつぶしやるから　よっといで

ねこふんじゃった　ねこふんじゃった
ねこふんづけちゃったら　とんでった
ねことんじゃった　ねことんじゃった
ねこお空へとんじゃった
　青い空に　かささして
ふわり　ふわり　雲の上
ごろニャーゴ　ニャーゴ　ないている
ごろニャーゴ　みんな　遠《とお》めがね

ねことんじゃった　ねことんじゃった
ねこすっとんじゃって　もう見えない
ねこグッバイバイ　ねこグッバイバイ
ねこあしたの朝　おりといで

子どもたちがピアノやオルガンで弾く「ねこふんじゃった」の曲にこんな詩をつけた阪田さんはすごいと思いました。ねこはどう思っているでしょう?
◎出典『夕方のにおい』(教育出版センター)

いんま　いごけば

—かぞえうた—

島田　陽子

いんま　いごけば
いっちょぉらが　ぬれる
にくたらしい　あめ
にっちょに　ふるな

さいかくさんかて
さいかくでけへん

してんのうじは
しょうとくたいし

ごとびも　ひるねで
ごきげんや

ろぉじで　おっさん
ろれったあとで

なんばで　わろてる
なにわよせ

はなの　ばんぱく
はなよりだんご

くちなわ　きらいや
ぐうちょきぱあ

じゅうにん　よって
じゅんばんきめて
　なにして　あそぼ

大阪弁のかぞえうたです。なじみのない言葉の地域もあると思いますが、何となく感じはわかります。わからない言葉は確認したいと思います。
◎出典『かさなりあって』（大日本図書）

いんまいごけば……今、動けば
いっちょぉら……よそゆきの晴着
にっちょ……日曜
さいかくさん……井原西鶴
さいかくでけへん……才覚（すばやい頭のはたらき）できない。
ごとび……五と十のつく日。大阪の集金日。
ろぉじ……路地
ろれったあとで……ろれつ（ものを言う調子）がおかしくなったあとで。
くちなわ……へび

あくたれぼうずの　かぞえうた

後藤　れい子

一つとや
ひとりぼっちで　ひとりごと　ひとりごと
どの子をいじめて　やろうかな　やろうかな

二つとや
ふたりならんで　にらめっこ　にらめっこ

なかよしなんかに　なるもんか　なるもんか

三つとや
みんなでやった　いたずらの　いたずらの
おこごとひとりで　うけちゃった　うけちゃった

四つとや
よせといわれた　みずのなか　みずのなか
はいってじゃぶじゃぶ　大あばれ　大あばれ

五つとや
いつまでたっても　なきやまぬ　なきやまぬ
あの子とあそぶの　あかんべだ　あかんべだ

六つとや
むかしむかしの　おはなしを　おはなしを
きいててぐうすか　大いびき　大いびき

七つとや
なによりまたれる　おべんとう　おべんとう
となりのおかずを　のぞきみる　のぞきみる

八つとや
やっぱりわたしは　あわてんぼ　あわてんぼ
だれかのいいくつ　はいてゆく　はいてゆく

九つとや
ここからむこうは　ゆかれない　ゆかれない

まちぶせしていて　とおせんぼ　とおせんぼ
十とや
とうとうじかんに　なりました　なりました
のこりのいたずら　またあした　またあした

かぞえうたでも「あくたれぼうず」というところに子どもたちはわくわくどきどきすることでしょう。曲もついているので一度うたってもみたい詩です。
◎出典『あくたれぼうずの　かぞえうた』
（教育出版センター）

カッカッ　おひさん

鶴見　正夫

カッカッカッの　おひさん
そらから　おりてきて
あそびに　きた　きた
さあ　たいへん
まちじゅう　あつくて
あつくて　カッカッカッ
カッカッカッの　おひさん
あちこち　ころがって

のはらで　ひるねだ
さあ　たいへん
のはらも　あつくて
あつくて　カッカッカッ

カッカッカッの　おひさん
もう　もう　かなわんよ
おやまか　うみかへ
さあ　にげよう
おとなも　こどもも
にげだす　タッタッタッ

「カッカッカッ」というのがいいですね。まさに、夏をあらわしている感じです。夏に弱い私は、これだけでも夏バテになりそうな感じです。
◎出典『あめふりくまのこ』（国土社）

7

どうぶつだいすき

きりんは　ゆらゆら

武鹿　悦子

きりんは　ゆらゆら
よってくる
うえから　そっと
よってくる
かおだけ　ぼくに
よってくる
からだは　むこうに　おいといて

きりんは　ゆらゆら
よってくる
なぜだか　ぼくに
よってくる
やさしい　め　して
よってくる
こえも　むこうに　おいといて

「ゆらゆら」という表現がぴったりという感じですね、きりんの動きをあらわすのに。きりんとおしゃべりがしたくなりました。
◎出典『ねこぜんまい』（かど創房）

キリン

まど・みちお

みおろす　キリンと
みあげる　ぼくと
あくしゅ　したんだ
めと　めで　ぴかっと…

そしたら
せかいじゅうが
しーんと　しちゃってさ
こっちを　みたよ

いいなあ、うらやましいなあ、そう思いました。「めと　めで　ぴかっと…」あくしゅするなんて、すごい！　こんど動物園に行ったら会いにいこう！

◎出典『いいけしき』（理論社）

トンボ

香山　美子

しずかに！
トンボが　とまってる
そーっと　はねを　つかもうか
そーっと　りょうてで　はさもうか
そーっと　ぼうしで　ふせようか
そーっと　そばへ　いったのに
トンボは
みてた！　と
とんでった

そうなんですよね、トンボって触れるかなって近づいていてもだめ何ですよね、こっち向いてない感じなのに。「みてた！」とは参りました。
◎出典『おはなしゆびさん』（国土社）

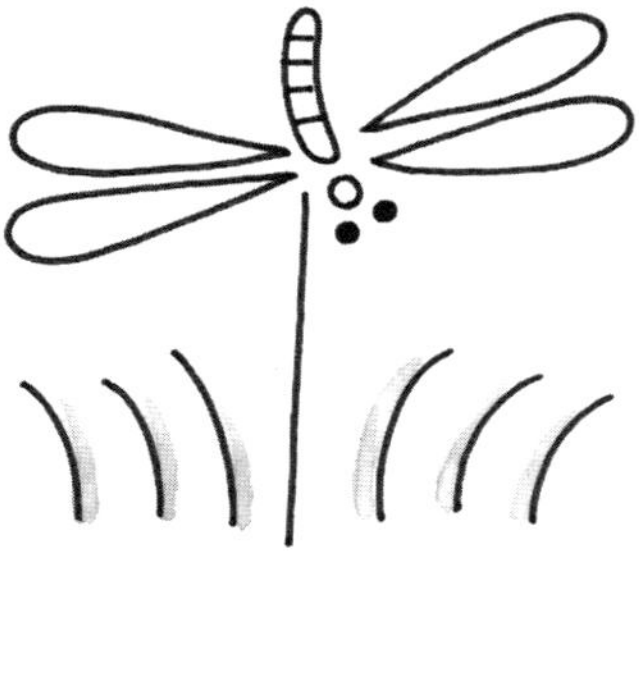

すずめ

有馬 敲

ちゅん　ちょっ　ちょっ　ちょ
　ちゅん　ちょっ　ちょっ　ちょ

ちゅ　ちゅん　ちえ　ちい
　ちゅ　ちゅん　ちえ　ちい

ちちち　ちゅ　ちゅーい　ちゅ
　ちちち　ちゅ　ちゅーい　ちゅ

つぃーん　つーん　つん　ちち
　つぃーん　つーん　つん　ちち

ちゅち　ちゅっ　ちゅっ　ちゅん
　ちゅち　ちゅっ　ちゅっ　ちゅん

なんとなくわかるから不思議ですね。みんな見たことがある、聞いたことがある鳥だからでしょうか？　でも朗読となるとつらい！　子どもたちはどう読んでくれるでしょうか？

◎出典『ありがとう』（理論社）

へびのあかちゃん

阪田　寛夫

へびのあかちゃん
めがさめた
おめめは　さめたが
しっぽは　ねむい
まだ　ねむい

へびのあかちゃん
こえたてた
しびれが　とけたら
しっぽが　くすぐったい
おお　くすぐったい

正直言うと、私はへびが苦手なのです。へびは何も悪いことをしていないのに。でもこの詩を読むと何だか親しくなれそうな感じがしてきました。あかちゃんだから?

◎出典『サッちゃん』（国土社）

まっすぐについて

いのししぶんた（工藤　直子）

ぼくの　もくひょうは
まっすぐ　はしること
それも　ただの
「まっすぐ」じゃない

うんとまっすぐ
とにかくまっすぐ
すごくまっすぐ

だんぜんまっすぐ
とてもまっすぐ
しっかりまっすぐ
じつにまっすぐ
きっちりまっすぐ

なのだ
では　ようい　どん！

「いのしし」の私のイメージにある姿といっしょだから嬉しくなりました。実際にはこの目で走る姿は見たことありませんが。一度、いのししぶんたくんとお茶したくなりました。
◎出典『のはらうたⅣ』（童話屋）

ばったと　ぼく

神沢　利子

のはらを　ぼくが　かけてくと
おおきなばった　ちいさなばった
ちゅうくらいのばった
くさいろばったに
ちゃいろいばったが
ぴょん　ぴょん　ぴょん　ぴょん
はねてくる
あっちから　こっちから

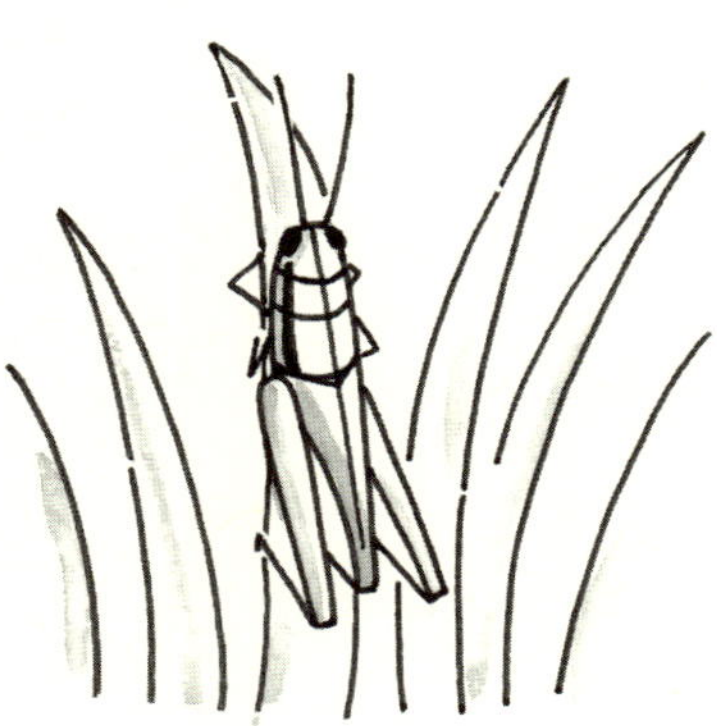

はねてくる
ぼくが　きたから　うれしいの
じっとしておいでと　いったって
ぴょん　ぴょん　ぴょん　ぴょん
はねてくる
こんないい　てんきのひには
ぼくだって　じっとしちゃ　いられないや
ばったと　いっしょに
ぴょん　ぴょん　ぴょん
　ぴょん　ぴょん　ぴょーん

小さいときにこんなことあったなあと思い出しました。こんな野原を、子どもたちにもかけさせてあげたい、そう思います。
◎出典『おやすみなさい　またあした』（のら書店）

8

ことばあそびで
おもいっきり

ヤダくん

小野　ルミ

ヤダくん　やだやだ　いやだ　やだ
べんきょう　おつかい　はやおきも
やだやだ　やだやだ　まっぴらだ
やだやだ　ヤダくん　あまのじゃく

ヤダくん　やだやだ　いやだ　やだ
あさから　ばんまで　ねごとにも
なんでも　やだやだ　ああいやだ
まいにち　やだやだ　いいどおし

ヤダくん　あるとき　きがついた
やだやだ　やだやだ　いいすぎて
いやだと　いわない　ものがない
さいごの　ひとつを　のこしては

ヤダくん　やだやだ　いやだ　やだ
うでぐみ　あぐらで　だいけっしん
さいごの　いやだを　いってみた
やだやだ　いうのは　もういやだ！

こういうのは、子どもたち大喜びですよね。学校生活の中でも、「やだやだ」ということがいっぱいあるでしょう。子どもたちが言ってくれるといいですね。
◎出典『半分かけたお月さま』（かど創房）

しょうじき　ショベル

まど・みちお

しごと　しいしい
ショベルは　しゃべる
しょっちゅう　しゃべる
はしゃいで　しゃべる
しゃべるが　しょうぶん
しょうじき　ショベル

しごと　なければ
しゃべれぬ　ショベル
ショックで　しょげる
しょんぼり　しょげる
しょげるが　しょうこの
しょうじき　ショベル

「し」で始まる「詩」で子どもたちは喜んで早読みに挑戦することでしょう。「ショベル」「しゃべる」「しょげる」など早くすらすら読もうと盛り上がるでしょう。
◎出典『しゃっくりうた』（理論社）

そうだ村の村長さん

阪田　寛夫

そうだむらの　そんちょうさんが
ソーダのんで　しんだそうだと
みんながいうのはウッソーだって
そんちょうさんがのんだソーダは
クリームソーダのソーダだそうだ
おかわり十かいしたそうだ
うみのいろしたクリームソーダ
なかでおよげばなおうまそうだ

クリームソーダのプールはどうだと
みんなとそうだんはじめたそうだ
そうだむらではおおそうどう
プールはつめたい　ぶっそうだ
ふろにかぎるときまったそうだ
そうだよタンサンクリームおんせん
あったかそうだ　あまそうだ
おとなもこどもも　くうそうだけで
とろけるゆめみてねたそうだ

これもまた、楽しい詩です。子どもたちは誰が一番最初に覚えるか、そして間違えずに早く言えるか競争するでしょう。いろんなリズムが出てくることでしょう。
◎出典『まどさんとさかたさんのことばあそび』（小峰書店）

きりなしうた

谷川　俊太郎

しゅくだいはやくやりなさい
おなかがすいてできないよ
ほっとけーきをやけばいい
こながないからやけません
こなはこなやでうってます
こなやはぐうぐうひるねだよ
みずぶっかけておこしたら
ばけつにあながあいている

ふうせんがむでふさぐのよ
むしばがあるからかめません
はやくはいしゃにいきなさい
はいしゃははわいへいってます
でんぽううってよびもどせ
おかねがないからうてないよ
ぎんこうへいってかりといで
はんこがないからかりられぬ
じぶんでほってつくったら
まだしゅくだいがすんでない

一人で声を変えてやってもいいし、二人でもよし、グループで言い合いをしてもいいし、いろんな楽しみ方があるでしょう。疲れるまで子どもたちはきっと続けることでしょう。時間がすぐたってしまうことでしょう。

◎出典『いち』(国土社)

おちゃのじかん

島田　陽子

まいにちのむちゃ　おいしいちゃ
からだに　めちゃめちゃいいちゃ
のまなくちゃ

りょくちゃ　こうちゃ　ウーロンちゃ
むぎちゃ　くこちゃ　げんまいちゃ
うめちゃ　こぶちゃ　だいふくちゃ

まっちゃ　せんちゃ　ジャスミンちゃ
ばんちゃ　ほうじちゃ　ひやして　れいちゃ
いつでものむちゃ　すきなちゃ　どのちゃ
おしゃべり　ぺちゃくちゃ
たのしいティータイム

いろんなお茶がありますね。ほとんど飲んだことがあるものばかりで味が浮かんできそうです。子どもたちにもいろんなお茶を飲んでほしいと思いました。そろそろ私もティータイムしようかな。

◎出典『かさなりあって』（大日本図書）

かもつれっしゃ

有馬　敲

がちゃん　がちゃん　がちゃん
　がちゃん　がちゃん　がちゃん
　　がちゃああん　がちゃああん

がったん　ごっとん　がったん
　ごっとん　がったん　ごっとん
　　がったん　ごっとん　がったん

ごっと　がった　ごっと　がった
ごっと　がった　ごっと　がった
ごっと　がった　ごと　がた

がた　ごと　がた　ごと　がた　ごと
がた　ごと　がた　ごと　がた　ごと
がた　ごと　がた　こと　かた　こと

かた　こと　かた　ことかたこと
かたことかたことかたことかたこと
かたことかたことことことことこと

子どもたちは「かもつれっしゃ」を見たことがあるのでしょうか？映像でもいいのでぜひ見せてあげたいですね。いろんな音読の仕方を工夫して読みに挑戦してほしい詩です。

◎出典『ありがとう』（理論社）

かえるの　たいそう

鶴見　正夫

かえるの　たいそう
はじまった
そら　はねっかえるが
とびあがる
ぴょーん　ぴょん

ひっくりかえるは
おおさわぎ
しりもち　ついたり
ころげたり
けーろ　けろ

そっくりかえるは
いばってる
おおきな　おなかを
つきだして
のっそ　のそ

めそめそ　するのは

しょげかえる
なかまが　わらって
ふりかえる
あっはは　は

かえるの　たいそう
おしまいだ
およいで　おうちへ
さあ　かえろ
すーい　すい

日本語の楽しさが広がる詩ですね。子どもたちの手にかかると、さらにいろんなかえるが飛び出して来て、仲間が増えていくことでしょう。
◎出典『雨のうた』（白泉社）

9

不安な気持ち

いやなこと

島田　陽子

いややから
いやや　いうても
おかあちゃんには　つうじへん
　いやでも　なんでも
やらんならんことは
やるもんや　やて

いややけど
いやや　いわんと
おかあちゃんは　やるんやて
よのなか　そやから
うまいこと　いくんや
おぼえとき　やて

いややから
いやや　いうのん
なんで　いかんのやろ

大阪弁を知らなくても、すぐその世界に入っていけそうな不思議な詩です。おもしろさと、あたたかみがあって、子どもたちが好きになりそうな詩です。
◎出典『うち知ってんねん』（教育出版）

やらんならん―やらなきゃいけない
いかんのやろ―だめなんだろう
いけないんだろう

ひとりぼっち

武鹿　悦子

わたしは
小さくなりたいな

ねこの子よりも　もっと小さく
ひよこよりかも　もっと小さく
かたつむりより　もっと小さく

お花のたねほど
ちい――さく……
そしたら
みんなはおどろいて
きっと　わたしをさがすでしょ

みんな、こんな気持ちを経験していくのですね。私も幾度かありました。大人になってもあったような気もします（正直に言うのが恥ずかしい）。こういう詩にも触れさせたいと思います。
◎出典『お花見』（教育出版センター）

なくしもの

木村　信子

どこでなくしたの　と　きかれたから
なくしたばしょを　しんけんにかんがえた
いくらかんがえても　わからないから
そういうと
ほんとに　ぼんやりなんだから
と　しかられた
もういちど　よくかんがえてみて
たぶん　あのとき

あそこかもしれない　と　いうと
なぜ　そのとき
すぐに　きがつかなかったの
と　しかられた

ひとりに　なってから
さっき　いわれたと　おなじことを
いいながら
じぶんで　じぶんをせめた
かってもらったばかりだったんだもの
いちばん　くやしいのは
ぼくだもの

こういうくやしさも子どもたちは持っています。こうやって書いてあるものを読むと自分が思っているもやもやしているものを確かめることができるかも知れません。教師である私もまた考えさせられた詩でした。

◎出典『でていった』（教育出版センター）

ぼくは　いまから

糸井　重里

ぼくは　いまから
あきに　あるという
うんどうかいのことを　かんがえて
どきどきしてしまう
ぼくは　はしるのが　おそい
いつも　びりか　びりから2ばん

うんどうかいは　すきじゃない
どうすれば　びりに　ならないか
だれも　おしえてくれない

いっしょうけんめいに　はしれば
いいんだよって　みんながいう

でもね
ちょっとね

ぼくは　いまから
うんどうかいのことが
しんぱいで　しようがない

私もまるでいっしょ、運動会のかけっこでいつもびりの方、なんでこんな種目があるのかといつも思っていました。鉄棒の時間も、跳び箱の時間も朝からだめでした。なかなか、心を休めることはできませんでした。

◎出典『おめでとうのいちねんせい』（小学館）

ビリ

川崎　洋子

だれが
だれが
はじめたんだ
うんどうかいの　かけっこ
トイレにかくれようか
びょうきになろうか

ビリなんて
ふん
もんだいじゃない
へん

そんなかおして
しらんかおして
はしってやらあ
うんどうかいの　かけっこ

なかなか、こんな気持ちにはなれないですね。でも、こんな気持ちも持ちたいと思います。どんな問題にぶつかっても。がんばれ、子どもたち！
◎出典『おかあさんのやさしさは』（けやき書房）

おとなの本

鶴岡　千代子

どうしてもでは　ないけれど
だめっていうから　なおさらに
　かくれてみちゃう　おとなの本
よめないところも　多いけど
　スリルがあって　おもしろい

まほうのドアーが　あくようで
ちょっぴりおとなに　なるようで

こっそりみちゃう　おとなの本
コトリというと　おおいそぎ
勉強している　ふりをする

とてもいけない　ことだろか
とてもわるい子　なんだろか
　やっぱりみちゃう　おとなの本
ママに　ひみつが　重たくて
なんだかどきどき　してきちゃう

どんな子でも、心の中にありますね、こんな気持ち！　私の場合は恥ずかしくて言えない本が多いのですが…。ひみつもまた楽しいですね。
◎『白い虹』（教育出版センター）

こら！しんぞう

おうち　やすゆき

しんぞうが
　ドッキドッキ
てをあてると
　ドッキドッキ

こら　しんぞう
あんまり
ドキドキするなよ

それでも
　ドッキドッキ
きこえてくる
　ドッキドッキ

こら　しんぞう
すこしは
しずかにしろ
——ちょっと　しずかにしてよ

あのかど
　まがると
ブルドッグが
　ウォーウォー

こら　しんぞう
あわてるな
くさりが　ついてる

それでも
　ドッキドッキ
もっとあわてて
　ドッキドッキ

ねえしんぞう
やっぱり
まわれみぎしよう
——だあれも　みてないよ

ありました、ありました。よくありました。犬だけではなく、こわい家、こわい先生の教室の横を通るときも、暗い道を一人で歩くときも！　よくわかります！
◎出典『こら！しんぞう』（小峰書店）

10

ふしぎな詩

なにが　かくれてる

のろ　さかん

「あいうえお」には　なにが　かくれてる
「いえ」と「うお」

「かきくけこ」には　なにが　かくれてる
「かき」と「きく」

「さしすせそ」には　なにが　かくれてる
「すし」と「しそ」

「たちつてと」には　なにが　かくれてる
「たつ」と「つち」

「なにぬねの」には　なにが　かくれてる
「ぬの」と「にな」

「はひふへほ」には　なにが　かくれてる
「はは」と「ほほ」

「まみむめも」には　なにが　かくれてる
「まめ」と「もみ」

「やゆよ」には　なにが　かくれてる
「や」と「ゆ」
「らりるれろ」には　なにが　かくれてる
「ろーる」と「れーる」
「わ」には　なにが　かくれてる
「わ」
「ん」には　「ん」
おしまい

こんな発想はありませんでした。子どもたちに一行ずつ読んで、考えさせるのも楽しくて喜ぶことでしょう。五十音にこうやって近づくのもおもしろいですね。
◎出典『天のたて琴』（教育出版センター）

はやくちことば

有馬　敲

むこうの　なばたけに
　かもが　八ぴゃっぱ
　　こがもが　八ぴゃっぱ
かもが　こめをかみ
こがもが　こごめかむ
むこうの　たけがきに
　なぜたけたてかけた
　　なぜたてかけたかって
　たけかけたかったから
ただたけたてかけた

まいりました。何度読んでも早くは言えません。こういうのは苦手です。何かうまく読む方法を知っている人に教えてもらいたいです。

◎出典『ありがとう』（理論社）

さかさかけことばうた

よしだ　ていいち

さかさのさかさはさかさかさ？
やおや
よるいるよ
しんぶんし
たしかにかしした
だんながなんだ
めしにおにしめ！
ん？
わたしまけましたわ

さかさはさかさのさかさ？
とまと
くいにいく
いかたべたかい
よくきくよ
るすになにする
たけやぶやけた！
ん？
わたしまけましたわ

回文というのですが、この詩を読んでから、またたくさん見つけてほしいと思います。ぼくの教え子に「ほしのしほ」と言う子がいました。思いだしました。
◎出典『よあけのこうま』（らくだ出版）

スピードかぞえうた

だるまさんがころんだ

川崎　洋

ひとくいざめのむしば
きゅうけつきににんにく
しょうべんこぞうのへそ
おねしょしてしかられた
かぜこぞうひざこぞう
ライオンとにらめっこ

とうさんのでかいくつ
うちゅうじんとじゃんけん
カバはばかのはんたい
これでひゃくかぞえたよ

初めは何のことだかわかりませんでした…はずかしい。「だるまさんがころんだ」でわかりました。子どもたちは、どれを使ってみたくなるでしょうか?
◎出典『しかられた神さま』(理論社)

なぞなぞ

小野寺　悦子

くるしくてもはなれない
つよくむすびついたふたりですもの

なにをしててもついてくる
まえにもうしろにもひっついて
ええともいいともいってないのに

こどものときは
うまいおっぱいのんでて
もうちょっと　おっきくなったら
りっぱにとんでってむしとってくうさ

あいつにゃちっともコレクションぐせないね
せっせせっせとしみたりとんだりながれたり

かたあしで　雨ふる日におでかけ
さあっと　スカートひろげます

とうに忘《わす》れたこともなあ
しわのおくにかくしてあるんじゃ
よっぽど昔《むかし》のことだあな
りすのようにはしっこかったことはよ

かたりともいわずに歩き
たらりとひいた　ぎんの虹《にじ》
つめたい　雨の日は
むりをせず葉っぱの下にいる
りこうもの

おはよう
ひまなし
さよなら
またいうの

からかってもしらんふりして
えらそうになくばかりだよ
るるる　けろりり　けろるる

アクロスチックと言うみたいです。答えは一番上の文字に注目してみて下さい。こんな方法も知って、子どもたちが楽しい文を書けるといいですね。初めて出会った子どもたちは気づくでしょうか、楽しみです。
◎出典『レモンあそび』（理論社）

むしのこえ？

まど・みちお

—チンチロリン
へんちくりん？
—スイッチョン
スイッチ・オン？
—リーン　リーン
また　でんわ？

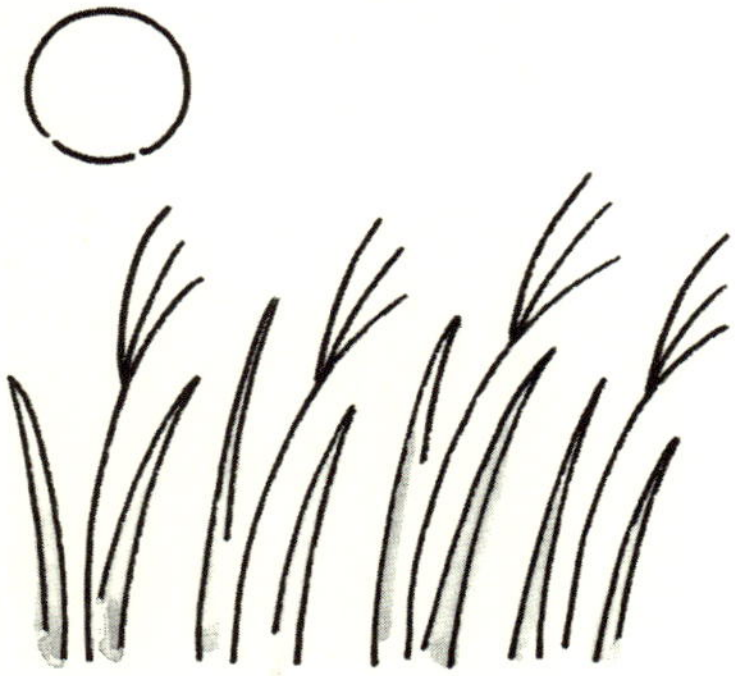

—チッチッチッ
また　やけど？
—コロコロリー
くるくるぱあ？
—ガチャガチャガチャ
めちゃくちゃくちゃ？

虫の声にぴったりの言葉ですね。いろんな虫の声、動物の声など集めて、子どもたちは自分たちでも作ってみたくなることでしょう。いい作品を期待します！
◎出典『しゃっくりうた』（理論社）

もじさがしのうた

岸田　衿子

あかさたなはまやらわ

はなさがす
わらべきた
さわやかな
やまのあさ

いきしちにひみいりい

みんなして
ひまなひに

いぎりすの
ちずをみる
うくすつぬふむゆるう

ふゆもすぐ
むつかるこ
うるさくて
いぬふるえ

えけせてねへめえれえ

めがさめて
せんねんめ
えれきひけ
へいのうえ

おこそとのほもよろお

このごろの
ほしのよる
こそどろも
おとそのむ

すごい！と思いました。十文字をみんな使って、ちゃんと話ができるのですから。しかも、五文字の四行とぴったり揃えてですから。私も作れるかな？　チャレンジしてみたくなりました。

◎出典『あかるい日の歌』（青土社）

編著者

水内　喜久雄（みずうち　きくお）

1951年、福岡県生まれ。

愛知県立大学文学部非常勤・日本児童文学者協会会員。

著書に『けむし先生はなき虫か』（大日本図書）『詩にさそわれて』全３巻（あゆみ出版）『ドラえもんの国語おもしろ攻略　詩が大すきになる』（小学館）編著書に『いま小学生とよみたい70の詩』全3巻『いま中学生に贈りたい70の詩』『子どもといっしょに読みたい詩100』『おぼえておきたい日本の名詩100』（たんぽぽ出版）『教室でよみたい詩12か月』シリーズ全６巻『教室でうたいたい歌ベスト５０』シリーズ全５巻『教室でよみたい俳句・川柳・短歌12か月』（民衆社）『子どもといっしょに読みたい詩』全３巻『ひろがるひろがる詩の世界』全６巻（あゆみ出版）『輝け！いのちの詩』『いま、きみにいのちの詩を』（小学館）『詩を読もう！』全12巻（大日本図書）など。

《**連絡先**》ポエム・ライブラリー　夢ぽけっと

〒465-0024　名古屋市名東区本郷3-5-4C

TEL 052-769-5810　FAX 052-769-5820

いま小学生とよみたい70の詩　1.2年　〈検印廃止〉

2001年４月10日第１刷発行
2005年４月25日第５刷発行

定価はカバーに表示してあります。

編著者　水内喜久雄
発行者　清水英夫／山崎　宏

発行所　株式会社　たんぽぽ出版
東京都渋谷区代々木4-5-14 参宮橋ハイツ207
電話　東京（03）5302-7870
FAX　東京（03）5302-7871
印　刷　（株）飛来社／製本　（株）光陽メディア

乱丁・落丁本はお取り替えいたします。

ISBN4-901364-08-1 C3037

たんぽぽ出版

いま中学生に贈りたい70の詩

木坂涼／水内喜久雄編著

定価1890円

★いまを生きる中学生の強い共感を呼ぶ詩、大人が読んでも心洗われる感動の詩がいっぱい！ ★中学生とかかわるすべての教師、親の手元に！ ★希望と不安うずまく中学生にすてきな詩のプレゼントを！